zwijsen

veilig leren Lezen

veilig & vlot • kern 11

ik leer: -ig, -lijk
in twintig • vrolijk

twintig

vrolijk

Was ik vorig jaar op een vrijdag jarig?

Eerlijk gezegd vind ik deze som erg moeilijk!

zuinig	eerlijk	pret	pijn
veilig	heerlijk	prettig	pijnlijk
nodig	sierlijk	rustig	vrolijk
bazig	lelijk	harig	moeilijk
handig	dierlijk	haar	moeite

leeg	spreeuw	gebouw
kiem	armst	zuiden
huis	schuw	stenen
ook	stro	kleurplaat
tijd	nicht	pukkel

Een huis is een gebouw.
Een huis is vaak een stenen gebouw.
Maar het gebouw kan ook van hout zijn.
Is dit gebouw van hout of van steen?

blauwe	stoei	beker
verhaal	muren	praten
wei	kortst	schriftje
buurtfeest	eng	Frank
nieuw	kraal	boek

Frank is een schrijver.
Hij schrijft een verhaal in zijn schriftje.
Hij schrijft een verhaal over het buurtfeest.
Komt zijn verhaal over het buurtfeest in de krant?

strand	eerlijk	sterren
hand	eer	ster
handig	speer	sterk
romig	speren	sterker
keurig	kleren	sterkst

Schrijven op het strand

Abel schrijft met zijn stok letters in het zand.
Lin zegt: ‘Dat is handig, maar ik vind de letters lelijk.’
‘Lelijk?’ zegt Abel.
‘Dat vind ik niet zo aardig gezegd.’
Dan roept Lin vrolijk:
‘Kijk, ik heb een zak vol schelpen!
Daarmee maak ik een woord.
Maar dat woord is niet keurig.’

Abel leest het woord: ‘slordig’.
Hij vindt Lin wel grappig!

meeuwtje	delen	moeilijk
spreeuwtje	deel	lelijk
spreeuw	geel	heerlijk
eeuw	lichtgeel	heer
eeuwig	lichtje	heren

leeuw	sturen	kruiden
gestoei	benen	laag
buk	eik	warmst
strook	nacht	kieuw
kleurboek	verhuis	streng

Een nieuw huis

Ik ga een nieuw huis maken.
Daarvoor neem ik een stapel takken.
Die ga ik breken en zagen.
Ik verhuis naar een plek in een eik.
Maar de plek is erg hoog.

Na wat gestoei lukt het mij.
Ook al ben ik geen echte spreeuw ...
Het lukt mij toch een huis te maken.
Ik kan niet vliegen, maar ik ben wel sterk.
Wie is het sterkst, de spreeuw of ik?

goud	Jo	niets
schrok	modder	zuur
zwartst	flink	vislijn
nauwe	knijpt	kraai
popje	glazen	zomer

ik leer: -ing in koning

koning

buiging

Ik zag een botsing bij de kruising.

Lust jij paling of liever haring?

daling	buig	kroon
lading	buiging	kroning
leuning	ketting	haring
houding	woning	vulling
mening	woon	vul

lui	eeuw	gescheurd
paal	herfst	tranen
Jan	schram	rijden
Bo	strik	halve
oud	broers	knuppel

Tante Bo is oud.
Tante Bo is een eeuw oud.
In de herfst werd tante Bo een eeuw oud.
Hoeveel jaar werd tante Bo in de herfst?

gooi	hardst	groter
bezorgd	fietslicht	meng
sprookje	duur	flauwe
uw	lepel	slank
boven	meiden	wol

De meiden lopen hard.
De meiden lopen om het hardst.
Ze lopen om het hardst naar de korf.
Gooi de bal nu maar in de korf!

wonen	duwen	kattig
woning	duwtje	moedig
koning	duw	harig
kroning	schaduw	haring
kroon	zwaluw	kleding

De kleding van de koning
Zie je die woning op de berg?
Daar woont een koning.
Het is een vreemde koning.
Hij bewaart al zijn kleding op zolder.
De kamer ligt vol pakken en kronen.

Alle mensen mogen komen.
Voor een glimlach mogen ze kleding lenen.
Dat vinden ze leuk.
Het ruimt op en de koning vindt het prachtig.

leunen	dekking	pijn
leuning	dek	pijnlijk
mening	dekken	lelijk
menen	deken	moeilijk
spenen	streken	moeite

Zakken vol

Wat veel zakken daar op de stoep!
De mensen hebben veel troep gemaakt.
Paul kijkt ernaar en hoort dan een schreeuw.
Een meeuw duikt.
Hij krijst en pikt hard in een zak.
Die scheurt open:
groene ham, oud brood en graten van een vis.
En de zon schijnt ook nog op haar warmst!
Ja meeuw, strooi de troep maar op straat!

Daar komt nog een meeuw.
Die duwt en begint een gevecht.
Wat kunnen die twee krijsen!
Paul houdt zijn handen voor zijn oren.
Maar wacht, hij zal ze beslist krijgen.

Wie krijst er nu het hardst?

nog een keer: lange woorden

Grommen beren als ze honger hebben?

Mijn vriendje komt graag in mijn boomhut spelen.

Het grasveld naast onze woning wordt gemaaid.

Hansje	takken	geluk	duwtje
kreuken	druppel	verdriet	sproeier
wandel	grote	bekijk	langzaam
duikplank	taken	veilig	leeuwen
fruitschaal	koning	vrolijk	zinken

haas	bank	kraaien
mee	vlug	jagen
dor	sla	benauwd
kou	nieuw	eiland
muur	groei	binnen

Kraaien zijn grote vogels.
Het zijn grote vogels die vaak zwart zijn.
Wist je dat zwarte kraaien jagers zijn?
Ze jagen op kevers en jonge vogels.

schoolfeest	gelijk	schrapen
Steven	liedjes	wachten
slingers	voelen	spreeuw
reuze	snelst	hardst
bruid	vuren	op

Vandaag hangen we slingers op.
We hangen slingers op voor het schoolfeest.
En we zingen op ons hardst liedjes voor het feest!

hondje	schatkist	stelen
laken	heerlijk	zuinig
leuning	dromen	benieuwd
rund	stinken	langst
sneeuwpop	web	spellen

Wat bewaar je?

‘Ruim jij je kamer op?’ vroeg mam.
Ik doe de spellen in de kast.
Mijn kleding hang ik aan de kapstok.
Sokken die stinken, gaan in de wasmand.
Mijn schatkist met parels gaat in de lade.
En nog ligt mijn kamer vol …
Ik bewaar ook zoveel!
‘Gooi toch eens iets weg,’ roept mam.
‘En bewaar alleen je dromen!’

herfst	verhuis	honing
lelijk	mannen	reistas
gevaar	sleutel	ruwe
winter	Floortje	kracht
vuurkorf	vla	mooie

haaien	stoven	sturen
schoolbank	meeuw	brood
krachten	sproei	stop
slapen	gevoel	feestlied
opnieuw	kei	mij

Een vreemde vangst

Twee vissers willen vissen vangen.
Ze sturen hun boot ver de zee op.
Een meeuw zoekt ook een vers visje.
Of hebben de haaien alle vis al gepikt?

Nu werpen de vissers hun hengels uit.
Zou de vangst slagen?
Wie vangt de eerste vis?
Hebbes, één visser heeft al beet!
Is het een grote vis?
Och nee, het is een grote laars!

Luuk	kortst	zout
flauwe	dubbel	dagen
sluw	nu	bloempje
bruist	steunen	spring
tien	bewijs	wenst

ik leer:
prentenboek • inpakken

prentenboek

inpakken

Ik eet graag hagelslag op mijn boterham.

Zal ik uit het sprookjesboek voorlezen?

poppenhuis	uitgeven	bellen
huiskamer	uitkijken	oorbellen
slaapkamer	opkijken	aanbellen
kamerdeur	optillen	aanwijzen
winkeldeur	ophangen	wijzen

Bas	ergst	drankje
zee	slib	tegen
het	jong	brullen
dauw	scherpst	zijmuur
maar	leeuw	geheim

Bas gaat naar zee.
Hij vertrekt voor dag en dauw naar zee.
Hij gaat naar zee om schatten te zoeken.
In het slib van de zee zoekt hij naar schatten.

ruwe	stro	bouwdoos
veulen	gluren	knopen
eerste	nieuwtje	hengst
uit	toch	zadel
flits	schram	bloeien

Maaike heeft een doos vol knopen.
De eerste knopen waren grijs en bruin.
Nu heeft ze een doos vol knopen in veel kleuren.
Ze heeft nu ook gele, groene en blauwe knopen.

kantoor	landing	vrolijk
postkantoor	land	heerlijk
postpapier	lang	heer
papierbak	langst	heren
bakpapier	langzaam	herenfiets

Naar de papierbak!

Ik ga naar de papierbak.
Ik mag op de herenfiets van pap.
Die heeft grote fietstassen.
Ik stop ze vol met papier:
postpapier, bakpapier en kranten.
Ik fiets langzaam maar toch val ik.
Het papier valt ook.
Zo maak ik een zachte landing!

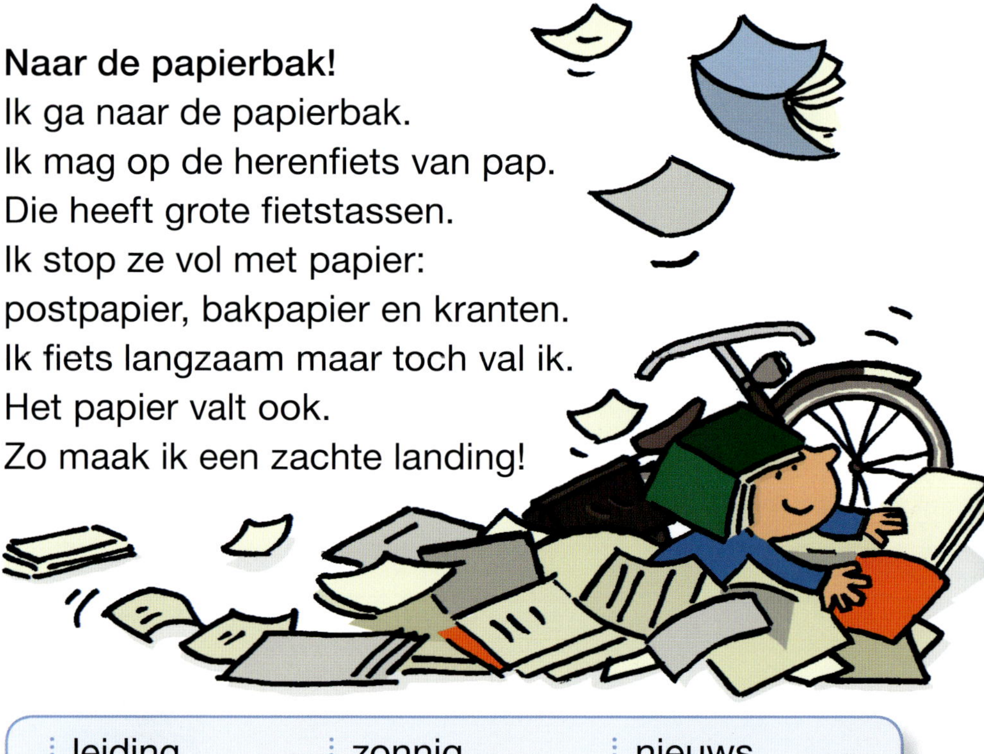

leiding	zonnig	nieuws
buiging	zonnen	nieuwsbericht
buigen	zonen	weerbericht
bogen	zoon	weerman
drogen	boerenzoon	sneeuwman

Zinkje de zeeleeuw

Zeeleeuw Zinkje wilde een lekker visje eten.
Hij bedacht een sluw plan.
Naast een gebouw zag Zinkje een emmer vol vis.
Die wilde hij niet delen met zijn vrienden.

De zeeleeuwen waren aan het spelen.
Ze maakten sprongen en doken in het water.
Sluwe Zinkje glipte snel naar de emmer.
Hij begon te graaien en te vreten.
Hij zat te knoeien, er vielen visjes op de grond.

Toen klonk er een fluitje.
Zinkje moest weer kunsten doen.
Maar o, wat zat zijn buik vol!
Hij had toch beter kunnen delen …

ik leer: -je, -pje, -tje
in muziekje • bezempje • worteltje

muziekje

bezempje

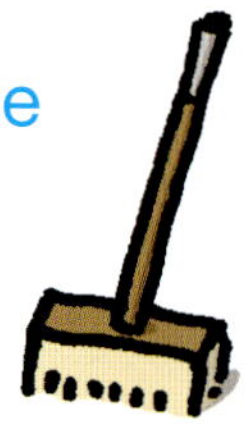

worteltje

bon
bonnetje

Het jongetje vertelt zijn vriendje een geheimpje.

Een jong varkentje heet een biggetje.

roomsausje	bezem	appel
applausje	bezempje	appeltje
bezoekje	probleempje	appelmoes
leesboekje	ijskraampje	moestuin
stripboekje	ijskraam	moestuintje

pijn	sterkst	zuinig
lees	prooi	spreekbeurt
bij	eind	geeuwen
fout	wang	koeien
ma	hurkt	zwanen

Ik maak een spreekbeurt.
Ik maak een spreekbeurt over dieren.
Maar over welke dieren zal ik spreken?
Zal ik spreken over koeien of over zwanen?

kruiden	Aukje	schreven
tachtig	wennen	tandje
schaakt	nieuwjaar	blink
foto	jongens	uw
verhuur	sierlijk	haven

Aukje danst heel sierlijk.
Ze danst heel sierlijk met acht jongens.
Met de acht jongens vormt zij een groep.
De dansgroep van Aukje is een foto waard!

jongen	vel	stoten
jongetje	velletje	poten
ringetje	spelletje	poot
ring	spel	tafelpoot
spring	spelling	tafeltje

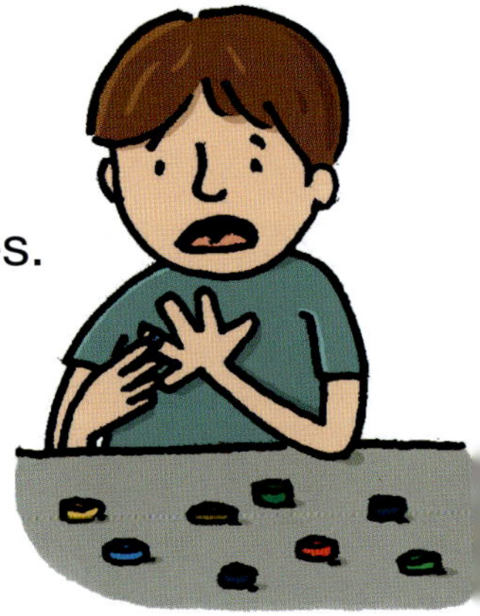

Een ringetje

Aan een tafeltje zat Bram.
Voor hem lagen heel veel kleine ringetjes.

Een jongetje kwam langs:
'Prachtig zeg, verkoop jij ringetjes?'
Hij pakte een ringetje van het tafeltje.
Dat deed hij om zijn vinger: 'au!'
Er kwam een velletje los van zijn ringvinger.
'Die ringetjes zijn niet voor jongens,' zei Bram.
'Ze zijn voor mijn duiven!'

tachtig	Noordzee	vorig
tochtig	zeehondje	lenig
tocht	zeepaardje	lening
wandeltocht	zeemeeuwtje	koning
wandelschoen	zeemeeuwen	koninkje

pijnlijk	leesbeurt	zweven
winnen	kruidig	hooi
moe	manen	zuiden
wandje	Lies	harkt
prachtig	keien	spreeuwen

Spreeuwen

Lies: Zie je die spreeuwen in de lucht?
Stel je voor dat je zo zou kunnen zweven.
Murat: Maar als ze pikken, is dat pijnlijk.
Lies: Ze pikken niet, je kunt ze wel aaien.
Murat: Dat kan niet want het zijn schuwe dieren.
Lies: Jammer, dat aaien niet kan.
Maar het blijft prachtig hoe ze zweven.

Murat knikt.
Hij is het eens met Lies.

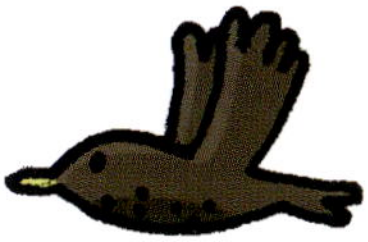

duwen	stralen	schrijven
Stef	langst	Paul
zo	guur	maaltijd
groeit	schouw	gezucht
kieuw	beter	vol

nog een keer: alle lange woorden

Mollen graven gangen onder de grond.

De spin weeft een prachtig spinnenweb.

Wij spelen winkeltje met een kassa en spulletjes!

laten	latten	holletje
vlaaien	knopen	voorlezen
dichter	geeuwen	waterbed
vulling	schriftjes	luchtkussen
begin	lelijk	appeltje

dier	koorts	inktvis
in	gluurt	landing
Tijn	herfst	rustig
lauw	sluw	leeuwin
zo	rechts	broden

Tijn gluurt door het raam.
Door het raam ziet hij een vliegtuig.
Hij ziet rechts van hem een vliegtuig landen.
Wat een mooie landing van dat vliegtuig!

Woutje	hoop	schrobben
eerlijk	gangdeur	jager
heffen	geknoei	nieuwe
schaatsen	kleine	koning
borstel	huisman	tranen

Woutje is aan het schrobben.
Hij is aan het schrobben met een borstel.
Hij moet de gang schrobben met een kleine borstel.
Pff... het is lastig schrobben met die kleine borstel!

aardig	orgelspel	spanning
boekenplank	trommeltje	ruwe
hooiberg	leeuwen	strand
vrolijk	meting	regenjas
balletje	hengel	aanbellen

Snoeptrommel

Ik heb een trommeltje vol snoep.
Dat kreeg ik op mijn verjaardag.
Toen was het winter en nu is het al zomer.
Ik zette de snoeptrommel op mijn boekenplank.
Daarna vergat ik de trommel.

Vandaag zag ik de trommel weer.
Ik wilde gaan lezen maar vond de snoepjes.
Wie wat bewaart, die heeft wat!

pijnlijk	opmaken	koning
klein	draaimolen	benieuwd
snoeien	spinnetje	heerlijk
handig	nieuwtje	anker
delen	grasmaaier	rennen

Een broodje ham of honing?

Toon heeft honger en denkt:
ik neem een broodje ham.
Maar Toon kijkt vol afschuw in de koelkast!
De ham is groen en wit.
Die oude ham zal niet lekker smaken.
Maar er is geen nieuwe ham.
Toon maakt een broodje met honing.
Die pot staat er al lang.
Dat maakt niet uit, weet Toon.
Met het deksel erop bederft de honing niet.
Toon doet een hele lading op zijn brood.
Ja, dat wordt knoeien, niet zo handig!
Maar Toon neemt vrolijk een hap van zijn broodje.

Daarna maakt hij de keuken keurig schoon ...
Met een groen sopje!

ik leer: on-, ont-,
in onkruid • ontploffen
nog een keer: be-, ge-, ver-
in bedoelen • gebeuren • vertellen

onkruid

ontploffen

Door het onweer kreeg de bus een ongeluk.

Het kan gebeuren dat je de prins ontmoet.

Weet jij wat zij bedoelen met die gebaren?

onzin	ontbijt	bezoek	vangen
onecht	ontbijten	bezoeken	ontvangen
onrust	ontdekken	bewerken	gevangen
ontelbaar	ontwerp	verwerken	gedragen
onbegrip	ontploffen	vertellen	verdragen

mis	drupt	korting
jij	vlo	heerlijk
duik	plein	snauwen
maar	nieuws	Ruben
koud	angst	rechtdoor

Ruben heeft geen angst.
Kleine Ruben heeft geen angst voor water.
Ik duik samen met Ruben in het water.
Wij duiken samen heerlijk in het koude water!

giftig	schuren	natuur
mening	eikel	gedicht
leeuwtje	stinkdier	Merel
aaien	leuk	stromen
zitten	ruw	vermoeid

Merel schrijft een gedicht.
Ze schrijft een gedicht over de natuur.
Ze schrijft over de dieren in de natuur.
Een gedicht over pieren, mieren en een stinkdier.

geboren	zwaluw	geluk
gebeuren	zwaluwtje	ongeluk
gevallen	duwtje	ondiep
bevallen	appeltje	verdiep
vervallen	appelmoes	verdiepen

Een ongeluk
Mijn tante scheurde op haar brommer.
Opeens stond er een zwaluwtje op straat.
Oef, tante kon net op tijd het zwaluwtje ontwijken.
Maar de heg ontweek ze niet … tante reed erin!
Tante was geschrokken: wat een ongeluk!
Maar het zwaluwtje vloog weg.

Een agent zag het gebeuren.
Hij keek naar het zwaluwtje ...
en nam een besluit:
hij zou tante niet bekeuren.
Wat een geluk!

harig	onthouden	moeilijk
haren	onthoud	dierlijk
halen	houd	dieren
hallen	houding	dierentuin
halletje	melding	tuintafel

zitting	dierlijk	meeuwtje
nieuwtje	maaien	muur
schuw	struik	dromen
mistig	gemis	scharen
dak	engst	leuning

De aap en het leeuwtje

Heb je het nieuwtje al gehoord?
Het is een grappig verhaal over dierlijk gedrag.

Een aap wilde spelen met een jonge leeuw.
De aap was niet schuw en gooide een noot.
Het leeuwtje ving de noot op in zijn bek.
Zo gooiden en vingen ze een lading noten.
Totdat de leeuw een noot kraakte met zijn kaken.
Dat was handig voor de aap!
Dat had hij niet durven dromen.
Toen werd het gooien, vangen en kraken.
Het was een prachtig gezicht!

ga	zeilschip	wormpje
lepel	vragen	hoed
nijlpaard	oudste	eeuwig
flauwe	gooien	lach
dubbel	en	suiker

molletje	haring	omkeren
tafelkleed	kattig	bestellen
onbekend	klanken	woning
verdienen	ontsnappen	onecht
eerlijk	schoolmeester	belletje

Een nieuwe schoolmeester

Jansje: Pas op, daar komt hij aan …
Het is de nieuwe schoolmeester!
Laten we omkeren, we moeten ontsnappen!
Maarten zegt dat hij kattig is.

Daan: Maar dat is toch niet eerlijk?
Voor ons is die meester onbekend.
Hij zou best aardig kunnen zijn.
Ik geef hem gewoon een hand.

sprongetje	gevaren	veilig
leeuwenbek	vrolijk	verscheuren
gebakken	kuikentje	appelsap
ontwerp	uitkijken	straling
bezoeken	ontdooien	onzichtbaar

herfst	dun	struikel
uur	staart	houding
weinig	lelijk	gloednieuw
schroefje	oven	spreken
nu	knappe	sneeuwbui

Herfst

Het is nu zomer maar ik verlang al naar de herfst.
Ik houd van die mooie blaadjes.
Van die rode en gele kleuren.

Ik wil geen sneeuwbui in de winter.
Geen hooikoorts in de lente.
Geen straling van de zon in de zomer.
Ik kan niet wachten tot de herfst opnieuw komt.
Ik word vrolijk van de herfst!

leeuwin	Job	ketting
bedankt	sluwe	anker
lichtblauw	kralen	moeilijk
gluren	zijn	gezicht
mooi	leiding	neushoorn

Ik ken:

koning

50

vijftig
vrolijk

muziekje
bezempje
worteltje

bon
bonnetje

poppenkast

onweer
ontploffen

bedoelen
gebeuren
verliezen

- Twintig leesboeken of dertig knikkers?
- Een prentenboek of een sprookjesboek?
- Een schat verstoppen of ontdekken?
- Onkruid plukken of bloemetjes water geven?
- Honing op de boterham,
  of appelstroop op een pannenkoek?
- Een spannend boek,
  of een boek waar je vrolijk van wordt?